文芸社セレクション

ちょうちょを追いかけてよかったんだ

生きづらさからの解放

松下 楓

文芸社

目次

プロローグ

毒親からの長期に亘る心理的虐待を受け育った優子と自閉症の障がいを持つ幸子。

同じ日に生まれた二人は、それぞれ、愛、幸せ、苦しみ、恐怖を経験しながら生きてきた。

いや生きている。

親に恵まれなかった健常の優子、親に恵まれた障がいを持つ幸子。

どちらが幸せか、それはわからない。

出会い、別れ、再会。

そんな二人に、思いもよらない人生の第二幕が用意されていた……。

（私は優子ちゃんが二十五歳の時に死にました）

優子と幸子　第一章

両手で髪の毛をわしづかみにし、ぐるぐると頭を振り回し、思いっきり顔をぶん殴り、少し弱ったところで、二度とその口から汚い言葉が1ミリもこぼれ落ちないように丁寧にゆっくりと細かく口を縫う。

（優子ちゃんは言葉ではない音を体の底から発している。まるで猫が発情しているかのように。そんな夢を何回も見ていたね。そして汗だくで目を覚ます。優子ちゃんはこの夢に少しは救われていましたか？）

昭和三十七年八月十一日、私、倉持優子は北海道帯広市に生まれる。

父　倉持年男　会社員、母　倉持一子　パート、弟　倉持誠。

帯広はあの六花亭を生んだ町だ。今では何処でも買えるようになってしまったのが少し残念でもある。六花亭のホットケーキは格別だった。店舗二階に上がっていくと喫茶室がある。上がると既にメープルの香りが充満している。


銀色でぴかぴかに光った皿に、同じ大きさに焼かれた二段の丸いツヤツヤのホットケーキ。メープルが入った小さな小さなミルクピッチャー、眩しいくらいに磨かれたフォークとナイフ。誕生日には店員が目の前でハッピーバースデーを歌ってくれる粋な計らいがある。

（遠くの席でハッピーバースデーが聞こえ、店内中の客が拍手したとき、優子ちゃんも三歳下の弟、誠くんも笑顔で拍手していたね。どうぞ幸せでいてと私は思った）

父はアルコールとギャンブル依存症だった。酒が入ると目つきが変わり、口調が変わる。一瞬で夕食が恐怖の時間に変わる。

おかずが徐々に色を変え始め、あっという間に真っ黒になった。夫婦喧嘩が始まると私の目はいつもこうなる。何を食べても焦げた魚の皮を食べているようだった。

「お前のそういう所が生意気なんだ！」

「はいはい、また始まった!!」

確かに生意気な口調で母が返す。

「なんだと!!」

私と誠は静かに食器を片づけ、静かに子ども部屋に入る。

母が父をののしり始める、父は暴力で返すことしか出来ず、母が押し飛ばされ何かにぶつかる音が聞こえる。

「殺してやる!」

酔って足元が覚束ない父が怒鳴る。

「どうぞ!!　殺せるものなら殺せばいいしょ!!」

母が涙声でヒステリックに叫ぶ。

布団の中で誠は私の手を強く握り、片方の手は耳を押さえている。私は反対の手で誠のもう片方の耳を塞いだ。私と誠の手は汗でベトベトだった。

茶の間から母が叫ぶ。「優子!　お母さんとお父さんどっちが悪いと思う!?」

私は答えない方がいいと子どもながらに思い、いつも黙った。母はわざわざ私たちの部屋まで来て、

「何さ！」

と捨て台詞を吐き部屋のドアを壊れるくらいに思いっきり閉める。誠の手がギュッとなる。

私たち兄弟は、日々親の顔色をうかがう子どもになっていた。私たちはねずみ色の世界にいた。

叫びたい、叫べない、誰に何と叫べばいいのかわからない、叫びたい気持ちを止める。


小学校四年生の時、私の通う学校に転入生が来た。

小柄で細く人見知りなのか、ずっとうつむいていた。黒板の前に先生と立っている。

何故かお父さんとお母さんも一緒だった。

「今日からみんなのおともだちになる小川幸子さんです。いろいろと優しく教えてあげてくださいね。席は倉持さんの隣です。倉持さんよろしくね」

先生が言った。

「は～い！」

私は自分がびっくりするくらい大きな声で返事した。なんだかとっても嬉しかったのだ。

「みなさんよろしくお願いします！　よろしくお願いします！」

何度も何度もお父さんとお母さんは頭を下げながら言い、教室を出て行った。

先生に連れられ私の隣へやってきた、ドキドキした。

「倉持優子です、よろしくね！」

「小川幸子です……よろしくお願いします……」

目を合わさず小さな声で言った。

「小川さんどこに住んでるの？」

「……」

「小川さんの住所は？」

「東三条え……と……」

「私も東三条!!　帰り一緒に帰ろう！」

「はい……」

ずっと目が合わないままの会話だった。授業が終わり帰る時間になった。


「小川さん一緒に帰ろう！」

「え……？」

「朝、一緒に帰ろうって約束したよね？」

「はい……」

校門にはもう小川さんのお母さんが迎えに来ていた。

「倉持さんね」

お母さんが優しい笑顔で私に言った。

「はいそうです。今日一緒に帰ろうって朝、約束したんです」

「そうだったのね、ありがとね。じゃあ一緒に帰りましょう。倉持さん、幸子は自閉症という障がいがあるのね、迷惑かけると思うけどよろしくね」

「自閉症……？」

「そうなの、帰り一緒に帰るの幸子忘れた顔してたでしょう」

「あ、はい……」

「私が迎えに来ることも忘れていたと思うのよ」

「あ……」

自閉症？　障がい？　忘れる？　私は少し混乱した。いたって普通な小川さん。恥ずかしがり屋さんなのかなくらいにしか思わなかった。

昭和三十七年八月十一日、小川幸子、北海道帯広市に生まれる。

父　小川敬三　会社経営、母　小川久子　専業主婦、姉　小川マリコ　音大生。

二歳で自閉症と診断された幸子は両親、姉にとても愛情深く育てられた。

　ＩＱが七十以上あるため普通学級に通い、成績もまずまずのため周囲からあまり気付かれず生活はしているが「少し変わった子」と見ている人間が周りにはいた。

優子

母は私が小学校一年生の時から近所の喫茶店で働き始めた。

「学校終わったら誠迎えに行ってよ――!」

奥の部屋から叫ぶ母。

「わかった~。行ってきま~す」

ドライヤーをかける音で聞こえないのか「いってらっしゃい」は無かった。

朝は母が保育所に連れて行くが、帰りは私が迎えに行くのが当たり前になった。

「いってらっしゃい」が無いのも当たり前になった。

誠を迎えに行くのは嫌ではなかった。私の一番の味方を守らなければ、そればかり考えていた。

お迎えに来ているお母さんやおじいちゃんおばあちゃんから「えらいね～。小さいのに」と言われる。毎日そう言われるのが嫌だった。そう私はまだ小さいのだ。家まで子どもの足で二十分くらいの距離を誠と手をつなぎながら帰るいつもの道。保育所から少し行くと橋がある。橋の上から川を眺めるのが私も誠も好きだった。

橋を下りて右に曲がると山上商店がある。山上商店にはなんでもあった。ジュース、お菓子、石鹸や、たわし、ネズミ捕りまであった。私たちは山上商店のおじさんとおばさんが大好きだった。

「今日のふりかけは特上だよ」

と普通のふりかけを笑いながら渡してくれる。父も母も帰りが遅いので二人でふりかけや缶詰をおかずで食べることが多いのをおじさんもおばさんも知っていた。

もうご飯は上手に炊けるようになっていた。

山上商店から少し歩くと大きな公園が私たちを待っている。「わぁ～～～」と言いながら思いっきり走り抜ける。ふりかけの入った袋を大事に抱えながら。公園を抜けたところに家がある。「せ～の！」でふりかけの入った茶色い薄い紙袋を開ける。「やった～～。今日はかりんとうだ～」山上商店からの袋には必ずお菓子が入っている。

おじさんおばさんも、その日食べたであろうお菓子をちり紙に包んで入れてくれてあるのだ。

山上商店から家までの道のりが、わくわくする幸せな時間だった。決して二人ともズルをせず、家に着くまで袋は開けなかった。


私は二年生に、誠は五歳の年長さんになった。

家の中は変わらずねずみ色のまま、いや黒に近くなっていた。

父は帰らない日が多くなり、母は働いている喫茶店が夜にお酒も出すようになり帰りが遅くなっていった。

「年男さん、店で潰れているから迎えに来てください」

頻繁に知り合いのスナックのママから連絡がくる。また、ある日は文句を言いながらも何故か母は化粧を直し、タクシーを呼び少し楽しそうに出て行く。

そんな息苦しい毎日の中、私と誠にかわいい友達が出来た。ある日、山上商店に行くと子犬がいたのだ。

おじさんとおばさんには一人息子がいる。誠と同じ年になる孫もいる。息子さんが東京に転勤が決まり家族で引っ越すことになったそうだ。東京のマンションでは飼えないため、おじさんが譲り受けたらしい。

名前は「シロ」。犬種はわからないが、とにかく真っ白でふわふわでかわいかった。

シロに会いに行くと散歩を任された。公園を誠とシロで走っていると家のことが忘れられた。シロのリードをどっちが持つかでいつも誠と喧嘩になる。いつもは転ぶとすぐ泣いていた誠が、シロといると転んでもグッとこらえ泣かなくなった。「えらいね」と言うと、誠は誇らしい顔をした。そんな表情を見るのが面白いというか嬉しかった。あの時、あの五歳の誠の心の中はどんなだったのだろう。

山上商店に戻るとおばさんが「ありがとね」と言って私たちの手を片方ずつ丁寧に白いタオルで拭いてくれる。とっても気持ちがよかった。拭いてくれたあとはシロと私と誠に牛乳をくれる。

帰ると今日は家の明かりが点いていた。嬉しかった。誠も「お母さんいるね」と言って嬉しそうだった。

「ただいま～」

誠と大きな声で言った。

「遅いね!!　何してたの!!」

あっという間にねずみ色になった。

怒られそうなのでシロのことは言っていない。

「ごめんなさい……」

「これからお客さんとパーティーに行くからね！」

着替えに帰ってきただけだった。

ピンポンが鳴った。いつもより大きな音に何故か感じ、それがすごく頭に響いた。

「タクシーだわ！　じゃあ行くから！　テレビばっかり見てたらだめだからね！」

靴をつっかける状態で飛び出していった。

お母さん私たちのご飯は？　どうしておかあさんはいつも怒っているのだろう……。

山上商店のおばさんに会いたくなった。

お母さん、こんな気持ちになってごめんなさい。

来年、誠は一年生になる。誠の頭の中は小学校とシロのことでいっぱいだ。

日が暮れるのが早くなってきた頃だった。

いつものように山上商店に行くと玄関にゴザのようなものが掛けられていた。おばさんが出てきた。

「おじさん死んじゃったの」

「えっ？」

固まっていたら、おばさんが「上がって」といつものように優しく言って私たちを茶の間に通してくれた。

奥の部屋でおじさんが布団に寝ていた。白い布が顔に乗せられ……。

息子さん家族と、あと何人か大人の人が居てみんな泣いていた。おじさんは胃ガンだったらしい。知らなかった。

いつも元気でやさしくて、いつもいつも笑顔だった。手の施しようがない状態だった為、おじさんの希望で家にいたらしい。突然だった。あまりにも。

「こっちにおいで〜」

奥の部屋からおばさんが私たちを呼ぶ。

「おじさんに会ってあげてくれるかな、大丈夫？」

「はい……」

おばさんはそっと白い布を取り、おじさんの顔を見せてくれた。その顔は昼寝しているようにしか見えなかった。

私は混乱して何も言えず、また固まってしまった。最初誠も黙っていたが突然、中くらいの声で言った。

「おじさん、またね」

皆が泣いた、私も泣いた。

シロの散歩は少しお休みになった。


何日経っただろう。山上商店の前でおばさんが立っていた。

「少しお話いいかい？」

おばさんが言った。家に上がるとお膳の上にはカルピスとシュークリームが用意されていた。

「おばさんね、おじさん死んじゃったからお店辞めることにしたのね、たくさん来てくれてありがとね。

そしてね、おばさん東京の息子のところに行くことになったの」

「シロは!?　シロはどうなるの？」

誠が泣きながら聞いた。私も思っていた。

「今ね、シロを飼ってくれる人を探しているの。見つかるといいんだけどね」

「誠とお姉ちゃんで飼うよ！」

誠が大きな声で言った。私も思ったが、家で反対されるに決まっているので心の中で留めた。

「あら、ありがとね。でも、お父さんとお母さんがいいって言ったらね」

おばさんは言った。

その夜、布団の中で誠と作戦会議をした。

「お姉ちゃん！　内緒で段ボールに入れてシロを守ろうよ。山上商店に大きな段ボールいっぱいあったからもらってさ」

「誠〜〜いい考えだね！　そうしよう！」

私たちはシロが吠えること、シロもご飯を食べるということを考えていなかった……。

次の日、おばさんに初めて嘘をついた。

「お父さんもお母さんもいいって言った」

「本当？　本当なのね？」

おばさんは何回も聞いてきた。

「本当だよ」

私たちの声が少し震えてしまった。

シロの引っ越しの準備が終わった。

「元気でいるのよ、また会いましょうね」

おばさんは言った。シロにではなく私たちに言った。私たちに……。

おばさんに「さよなら」をした。

おばさんと会えなくなる寂しさと、シロと一緒にいれる幸せが混ざって頭が熱くなった。

オレンジと青が混ざった綺麗な空の日だった。

とにかく誠と家へ急いだ。私たちの部屋へ急いだ。おばさんに教えてもらった通りに段ボールを組み立て、もらったバスタオルを底に敷きシロをそっと入れた。最高にうれしかった。

おばさんがくれたソーセージと牛乳をあげるとシロはすぐ寝てしまった。

それからすぐだった。母が帰ってきた！　何の余韻に浸る間もなく。

「ご飯はどうしたの!!」

慌てて段ボールを部屋の隅っこに押し付けた。

「おかえりなさい！　ご飯？」

「ご飯炊いといてって言ったしょ！」

「あ、ごめんなさい……」

すっかりご飯のことなんて忘れていた。三人無言でカップ麺を食べた。食べ終わると母はいつものように不機嫌な顔で化粧を落としている。

「寝なさい!!」

と怒鳴る。私たちはこれが普通だと思っていた。

「おやすみなさい」

ワクワクしながら部屋に入った。もちろん誠も同じ気持ちだっただろう。

段ボールをそぉっと開けるとシロは寝ていた。かわいかった。誠と段ボールの上からずっと見ていた。

いつのまにか私たちも眠ってしまっていた。

「キャンキャウ〜〜ン　キャンキャウ〜〜ン」

私と誠は飛び起きた。小さな声で「シロ！　しー。シロ！　しー。お願いおとなしくして」と言った瞬間、母がものすごい足音を立てて部屋に入ってきた。

「何!?　なんかいるしょ!?　犬かい!!　何黙ってそんなもの!!　何様のつもり!!」

と言って私のほっぺたをビンタしてきた。いきなり、それも思いっきり。ビックリした。

「ごめんなさい　ごめんなさい　ごめんなさい」二人で何回言っただろう……。許されるはずがなかった。

母はシロをぐいっと掴み、抱えて外に出て行った。慌てて二人で追いかけた。

「どこに行くの？」

誠が泣きながら叫ぶ。

「遠いところに置いてくる!! 誰が悪いの!? 言ってごらん!!」

誰が悪いの! 言ってごらん! は母がいつも使う台詞だ。

「ごめんなさい、お願いします。ちゃんと面倒見るから連れて行かないで」

二人で泣きながらお願いした。

「無理に決まってるしょ! いいかげんにしなさい!!」

どれだけ歩いただろう……。ここはどこなんだろう……。車も通っていない。怖かった……。

突然母はシロを道に置いた。まるでゴミ捨て場にゴミを置くように簡単にシロを置き去りにした。母は誠をおんぶして思い切り走った。私も必死でついて行った。誠はおかあさんの背中で狂ったように泣き叫んだ。振り返るとシロが遠くからついて来ていた。何が起こっているかわからないまま私は走った。もう一度振り返るとシロはもう見えなくなっていた……。

あまりにも悲しく、あまりにもショッキングな出来事だった。そんな行動をとった母が恐ろしかった。

それから誠も私もシロの話はしなかった。出来なかった。

「誠くん元気ないけど何かあった？」

保育所に迎えに行くと先生から聞かれる。誠は先生にも言わず我慢していた。

「なにもないです」

私は答えた。もう雪がちらつく季節になっていた。

「誠、もうすぐ一年生だよ！　楽しみだね。学校は楽しいよ〜。お姉ちゃんと一緒に学校行こうね」

悲しくて寂しい日々。でも少しでも早く前のような元気な誠に戻ってほしかった。自分もだ……。

学校が冬休みになった。

「冬休みだから誠も保育所休ませてもいいかな？　兄弟いる人はそうしてるみたいだけど……」

「好きにしなさい！」

母は私たちには何の関心もなかった。

「誠～。お姉ちゃん学校冬休みだから誠も保育所休んでいいって～」

「本当？　やった～」

「うれしい？」

「うん！」

少しずつ誠が戻ってきた……。

そんなある日、誠と外で雪遊びをしていた時だった。奇跡が起こった。奇跡が。

目を瞑りながら頭を左右に振ってみた。間違いない。心臓がいつもより百倍速く動き出した。

シロがこっちを見ている。

誠はまだ気付いていない。

「ま、まこと！　シロが帰ってきた」

震えが止まらなかった。

「えっ!?」

「ほら……あそこ……」

「シロ……？　シロ……？　本当にシロ？」

誠は泣きながら小さな声で言った。

「くぅ〜〜〜ん」

「シロ――――!!」

二人でシロを思い切り抱きしめた。

覚えていたんだ！　シロはちゃんと覚えていてくれたんだ！　あれからどれくらい経っただろう。

あれからシロはどれだけ歩いてここに辿り着いてくれたのだろう。体は痩せて真っ黒に汚れていた。

「ごめんねシロ、シロ……ごめんね……」

私も誠も涙が止まらなかった。良かった、本当に良かった、シロが無事で。

ふと我に返った。シロはこれからどうなるんだ？　喜んでもいられなかった。悲しい悲しいあの日を思い出す。頭の中がグルグルするだけで、次に何をすればいいのか全く思いつかなかった。また心臓が速く動き出す。

母が何かを感じたのか、家の中からすごい顔でこっちに来た!!

「いやー戻ってきちゃったのかい！　仕方ないね!!　外で飼うんだからね！　面倒見なさいよ!!」

と言った。私はびっくりした。また遠いところにシロを連れて行くのだろうと思ったからだ。

意外な展開に私と誠はほっとし、顔を見合わせた。少しは母も罪悪感があったのか……。そう思いたい。

玄関先につなぐように言われた。誠が心配そうな顔をしている。

「大丈夫！　犬は毛皮着てるんだから！」

言われるままに玄関先につないだ。段ボールで家を作り、中をなるだけ暖かくした。

朝になると、まずはシロのところに向かい、生きているか確認し、パンを三等分してシロと食べる。

それから散歩に行くのが日課になった。楽しかった。本当に幸せだった。

あっという間に年を越した。これからどんどん寒くなるのにシロは大丈夫かとても心配だった。

一月も末になったころ誠に小学校入学の通知が届く。誠は興奮を抑えきれない状態がしばらく続き、見ているとおもしろかった。シロも元気だ。

その頃はあんなことが起こるなんて私は想像もしていなかった。

いつものようにシロのところへ行くとシロが私と誠の顔をじっと見ている。なんだか様子がおかしい。

「シロ？　どうしたの？」

と言った瞬間、シロのお腹のあたりで何かが動いた。

子犬だった。

「シロ～赤ちゃん産んだの～」

私たちは同時に叫んだ。かわいくてかわいくて誠がまた興奮し出した。シロは女の子だったんだ。その時初めて知った。ちいさな、ちいさな子犬が三匹、ぎゅっと固まってシロにくっついている。すぐ段ボールを持ってきて子犬を入れた。

遠くに置き去りにされてから必死に後を追いかけてくる途中の出来事だったのだろう。

「がんばったねシロ、お母さんになったんだね。何も知らずごめんね」

まだお母さんにもお父さんにも気付かれていない。二人が仕事に行った後、牛乳を温め急いでシロにあげた。私の頭の中は次へ飛んでいた。バレたらどうなるのだろう、バレるに決まっている。どうしよう、何とかしなくては！　でも何も考えつかない。誠は自分がお父さんになったかのように優しく優しくシロと子犬たちを撫でている。

どうして!!

もうすぐ日が落ちそうな午後四時前、母が帰ってきた。なんで今日は早いの!?　首筋、脇、手のひら、足の指からどっと汗が噴き出した。誠が必死で子犬を隠す。もうだめだ……もうだめだった。

「嫌だね～!!　こっこ※産んでるしょ！　どうするの!!　飼えないからね!!」※　北海道弁で動物の赤ちゃんのこと。

母の口から出た言葉は予想通りの言葉だった。誠は泣きながら訴え続けたが無理だった……。

それからすぐだった。シロを残し段ボールに寝ている子犬を段ボールごと抱え母は歩き出した。

薄暮だった。

一応人目を気にしながら母は足早に何処かに向かっている。誠と私はしっかり手を繋ぎ無言で母に付いて行く。

母は橋に向かった。あの橋だ。保育所からの帰り道、いつも二人で川の流れをぼーっと眺めていたあの橋。

いつもの橋。大好きな橋。

一瞬だった！　周りをキョロキョロ見た後、母は躊躇なく抱えていた段ボールを川へ落とした！　捨てた……。

いや、殺した……。

「え!!　お母さんどうして!!」

私は叫んだ！　今、目の前で起きたことがあまりにもショック過ぎて、頭の中が理解出来ずにいた。涙も出てこない。

「まだ目が開いてないうちだから、わからないから！」

と母は軽く言い放った。とても軽く。

誠は半狂乱になって土手を下りて行った。雪まみれになって。

「まこと――――!!」

私は誠を追いかけた。長靴の中が雪でいっぱいになる。

誠は何の迷いもなく川へ吸い込まれるように入り、段ボールの子犬たちを追いかけた。あんなちっちゃな誠が我を忘れ父親が子どもを助けに川に入ったような、殺気すら誠からは感じられた。

母の姿はもうなかった。

二月の厳しい、冷たい冬の川だった。

段ボールはどんどん先へと流されて行く。私は突っ立ったまま段ボールと誠を見ているだけだった。

誠が川へ入ってすぐだった。

誠の姿は見えなくなった。

誠は死んだ。

誠、ごめんね、お姉ちゃんが……ごめんね……。
春はもうすぐだったのに。本当にもうすぐだったのに。
大好きな大好きな誠が死んだ。
目の前で……。

幸子

「さっちゃ～ん、がんばれ～」

幸子、幼稚園年長さんの秋の運動会。

お父さん、お母さん、お姉ちゃん、おじいちゃん、おばあちゃん、みんなで幸子を見守る。

幸子は、よーいドン！　のピストルの音が怖くてスタート出来ない。小さな手で耳を塞ぎピョンピョンと小さなジャンプをしながらその場から動けない。でもお父さんもお母さんも決して手を貸さない。どれだけそばに行きたいと思っているか……。保護者席から誰よりも大きな声で応援する家族、お母さんは中腰になり「来年は一年生、幼稚園最後の運動会頑張って」と心の声が体から溢れている。

「さっちゃんがんばって……」

小さな声で、願い。祈る。目を潤ませながら。

同じ年長さんが幸子のもとに駆け寄り「さっちゃん行こう！」とゴールに向かって誘導してくれる。走り出すと幸子は楽しそうだった。少し時間はかかったけど、皆と同じゴールを駆け抜けていった。


まだ雪残る四月、幸子は一年生になった。

学校に上がる前の検診では気になるところがいくつかあったが、お父さんお母さんの想いで幸子は自宅近くの小学校に通うことになった。今までとは違った環境で幼稚園より何倍も大きく、たくさんの知らない大人とたくさんの子どもたちと出会うことになる。

お父さんお母さん、そしてなにより幸子の第一歩となる「入学式」の日が来た。幸子はパニックになってしまった。体をゆすり、立ったり座ったり、何とか自分をコントロールしようとしていた。保護者も子どもたちも変な生き物を見るように幸子を見ている。

「大丈夫だよ」

お父さんとお母さんは幸子に声をかける。

「あ――」

幸子は大きな声を出した。担任が目の色変えて走ってきた。幸子の腕をつかみ無理やり体育館の外へと連れ出した。お父さんとお母さんは必死で追いかける。

「みんなと同じことが出来ないと困るんですよ！　説明しましたよね！」

「申し訳ございません、申し訳ございません……」

お父さんお母さんは何回も頭を下げこう言うしかなかった。

「今日は落ち着かないと思いますのでお帰りください」

冷たく担任は言った。

お母さんは幸子をお父さんに任せ、急いで体育館に戻り帰る支度をした。皆まだざわついている。厳しい視線が突き刺さる。深々と頭を下げ、走って二人の待つ外へ向かった。そして三人は学校を後にした。

「悲しいね、どうしてなんだろうね」

お母さんはお父さんに泣きながら訴える。一生に一度しか来ない小学校の入学式だった。

「さっちゃん今日はお家に帰ろうか、また明日来ようね！」

お父さんは両手の拳をグッと握りながら言った。そして右手の拳をゆっくり開き幸子の手を優しく握った。

外に出ると幸子はもう落ち着いていた。

校長が一年生に語り掛ける声が無情にも体育館の中から漏れてくる。歩けども歩けども聞こえてくる。音は小さくなれど、お父さんとお母さんにとって音量は関係なかった。只々悲しい音だった。お母さんは涙をこらえ幸子の右手を握りしめた。

幸子は変化に対応することがとても難しく、予期せぬ出来事が起こるとどうしてもパニック状態になってしまう。次の日も次の日も、幸子は学校から帰されてしまう。

六月になって、やっとなんとか環境に慣れていった。お父さんもお母さんも良かったと思いつつもやるせない思いが二人の頭を重たくする。

「一年生はどの子も慣れるのに時間がかかるわよね」

お母さんが珍しく少し強い口調で言った。やり切れない思い。お父さんはお母さんの背中を優しくさすり、幸子の寝顔を見つめた。


幸子は生活や勉強の面で、出来ること、出来ないことがはっきりしていた。国語のように「Aさんはどう思っているのでしょう、Bさんはどうしてそんなことをしたのでしょう」など感情を理解するのがとても難しかった。体育も一人で鉄棒や縄跳びをするのは出来る。どちらかというと上手にずっとやっていられる。でもみんなでやらなければならないドッジボールなどは、ボールを持ってからどうしていいかわからなくなってしまい棒立ちでいると、友達や先生に怒られ段々やらせてもらえなくなってしまう。

お母さんはグラウンドの外から「さっちゃんがんばれ！　さっちゃんがんばれ！」と心の中で叫びながら見守った。

放課後の掃除も幸子には難しかった。

二つ以上の事を考え、行動するのが苦手なため、窓拭きをするとそれだけに集中してしまい他の事が出来なくなる。みんなは次にしなければならないことをこなしていく。何度も友達から怒鳴られ注意されても幸子には理解できなかった。

ある日、同じクラスの子がニヤニヤしながら幸子のところに寄ってきた。

「廊下のモップ掛けをして！」

とモップをドンと幸子に押し付けた。幸子はよろめいた。

「うん……」

幸子はやり始めた。長い長い廊下の端から端まで。友達は笑いながら帰って行った。もう既にいじめは始まっていた。時間を意識することも苦手な幸子は、ただひたすら廊下を行ったり来たりしていた。先生にも気付いてもらえず。

幼稚園まであんなに明るかった幸子が消えそうになっていた……。お父さんもお母さんも幸子がだんだん元気がなくなってきているのが気になった。学校に行き、幸子の教室での様子やいじめはないかなど担任に何回も聞いたが、回答はいつも同じ「変わりはないです、いじめもないです」だった。

幸子は転校することになった。三年間よく頑張った。いろいろな面でこの学校とは縁が無かったと思うしかなかった。

優子と幸子　第二章

誠の死から一年が経ち、やっと少しだけ悲しみを我慢出来るようになっていたが、まるで自分が透明人間になってしまったかのような毎日だった。この世に存在していないような、フワフワとした時間を繰り返しているだけで、心はいつも無だった。

幸子の心の中はどんなだったんだろう……。二人とも四年生になる春を迎えていた。

私のいた小学校は、昔から知的に障がいのある子どもや、体に障がいを持つ子どもたちを積極的に受け入れ、「みんな同じだよ」という考えの学校だった。「みんな違って当たり前なんだよ」と教えられ育った。

叫びながら廊下を駆け抜ける子がいる。でも誰も何も言わない。正直、最初はびっくりしたが、先生がきちんとそれぞれの障がいについて話をしてくれるからだ。自然に車いすを押す。困っていたら手を貸す。私たちはそれが普通だった。放課後、空いている車いすを借りて体育館で競走するという悪さもした。

さっちゃんも、だんだんさっちゃんであることを取り戻していった。さっちゃんがこの学校に来てくれたことによって、私も少しずつ元気を取り戻していった。なんだか誠が戻ってきてくれたような。さっちゃんはなんだか懐かしい匂いがした。体からではなく、さっちゃん全体からだった。

さっちゃんのお父さんお母さんも嬉しそうだった。色々調べ、ここに辿り着いたのだろう。さっちゃんが少し羨ましかった。

ここでは、誰もさっちゃんを拒否する人なんていなかった。子どもたちも他のお父さんお母さんも。

さっちゃんとはとても気が合った。呼吸のリズムが合い、一緒に居てとても落ち着けた。家では何故か思い切り息が吸えない。体を上から横からぎゅっといつも押されている感覚になる。さっちゃんに会うと心が楽になった。

さっちゃんと私はアイドルの話をよくした。特に「新御三家」の話をしたら止まらなかった。私は「秀樹」ファン、さっちゃんは「ひろみ」ファンだった。キャンディーズやピンクレディーも振り付け付きでよく歌った。学校と家の往復、学校内での生活はみんなのフォローもあって楽しそうに過ごすさっちゃんだが、校外や新しい場所になるとさっちゃんは苦しくなって、パニックになってしまう。さっちゃんを助けたいが、段々悪化する状態を見ていると動けなくなる。そっと近づき「大丈夫だよ」とさっちゃんの手を握る。次に何をしてあげればさっちゃんは苦しさから解放されるのかわからないのが悔しかった。先生が素早く対応し、少し経つとさっちゃんは落ち着いた。そんな日々を繰り返しながら、さっちゃんは段々と変化にも対応出来るようになっていった。

小学校六年、秋の「修学旅行」。

初めての汽車、知らない町、知らない場所で寝る。だいたいの子どもはドキドキワクワクするだろう。でもさっちゃんにすれば苦痛しか残らない旅行だったかもしれないね。少しは楽しいことがありましたか？

遠足は少し違った。毎年同じ大きな公園に行く。そこには木々が生い茂り、川が流れ、誰もいない広々とした空間だ。お昼ご飯を食べ終わると、さっちゃんと私は小高い丘に向かって走る。どんどん走る。な～んにもない世界に二人だけ存在しているかのような感覚になり、とても気持ちが良かった。二人で仰向けに寝転んだ。

このまま時が止まればいいと小学生の私は思った。さっちゃんは何を思っていたのかな……。

さっちゃんが突然立ち上がり、ものすごい勢いで走り出した。

「さっちゃん～どうしたの～？」と声を掛けるが聞こえていない。慌てて立ち上がりさっちゃんを追いかけた。

さっちゃんは足が速かった。なかなか追いつけない。必死で追いかけた。

「ちょうちょだ！」さっちゃんはちょうちょを見つけ、顔を空に思いっきり向け、追いかけている。

やっとさっちゃんに追いついた。ちょうちょは私とさっちゃんの頭のすぐ上をひらひらと飛んでいた。先生が呼んでいる。振り向いたほんの一瞬だった、ちょうちょは空に向かって姿を消していった。

秋が終わり、厳しい冬をみんなで頑張って越え、やっと春が来た。

私たちは小学校を卒業した。

同じ中学校にさっちゃんは居なかった。さっちゃんは山の上にある養護学校に行ったと小学校の先生が教えてくれた。寂しかった。「さよなら、またね」も出来なかった。こらえられず涙が溢れだした。

きっと悲しむから、優子ちゃんには少し経ってから話してほしい。と
さっちゃんのお父さんお母さんに先生は言われていたらしい。
そして、さっちゃんのお父さんお母さんから預かったと、先生から手紙を渡された。

優子ちゃんへ

今まで幸子と仲良くしてくれて、そして、たくさん面倒を見てくれてありがとね。
本当に優子ちゃんには感謝してます。
幸子も楽しい時間を過ごせたことでしょう。
お別れもせずごめんなさいね。
幸子は、やはりみんなと同じ中学校は難しいと、おじさんとおばさんは思ったの。

幸子が少しでも幸子らしく居られる場所だったらいいなと、養護学校に行くことにしました。

家も、学校の近くに引っ越すことになりました。

優子ちゃん、中学校でもお勉強、スポーツがんばってね。いつも応援しています。

いつかまた、きっと会えるわね。それまで元気でね。

本当にお世話になりました。

ありがとう。

幸子のおじさん、おばさんより

と書いてあった。

もうだめだった。一行目からこらえられなかった。涙が溢れ出し先生がいるのを忘れ、私は声を出して泣いた。

さっちゃん……ありがとう……元気でね、またね。

中学に入ってからは、ほとんど自分の時間は無かった。学校に居ても家の買い物のことを考え、帰ってからやらなければならないことばかりを考えていた。それが当たり前だと思っていた。スーパーから家まで歩いて二十分はかかる。そんなのはお構いなしで、平気で十キロのお米を買って帰れと言われる。流石にその姿を見た近所のおばさんは「あらら重いしょ、優子ちゃん小さいからかわいそうに」と言う。私は体が小さかった。そんなところに母が出くわすと「優子は小さくて嫌になっちゃうんだよね～」と言う。いろんな場面でその言葉を浴びせられると傷ついていた。

帰ると、まず昨夜から溜まっているお茶碗を洗う、ご飯を炊く、洗濯をする、トイレ掃除、冬は雪かき、全部やった。その頃は何も思わなかった。やらないと母が機嫌が悪くなるからやっていた。母が怖かった。

母が洗濯をするのを一度も見たことがない。父が雪かきをするのも一度も見たことがなかった。

最初に親の気持ち悪い行為を見てしまったのは、確か中一のお正月。茶の間でうたた寝をしてしまった時だった。ふと目を覚ますと父が母の胸を揉んでいた。二人とも座ったままの状態で向き合っている。私は気付かなかったふりをしてまた目を閉じた。そんなことが何回もあった。お構いなしだった。ソファの上で母の股に父の頭が刺さっていた。何をしているのかわからなかった。母から「なにさ！　びっくりするね!!」と私が怒られる。意味が分からなかった。状況の全てが。ただ喉が渇いて茶の間に行っただけなのに。

中学を卒業する。

何の思い出も無く中学校生活は終わった。何ひとつ楽しいことが無かった。

勉強も急に難しくなり全くやる気が起こらず成績は悪かった。友達が居なかったわけではないが、この時期にしっくりくる友達とは出会えなかった。

「卒業式」。外へ出るとみんな両親が待っていた。人がごった返す中、私は両親を探すふりをしている。居ないのは知っている。ふりをしていた。来るわけがないのだ。急いでその場から抜け出した。校舎からは松山千春の『卒業』が流れている。涙が出そうなのをこらえた。卒業が悲しいのではない、一人で帰るのが悲しかった。恥ずかしかった。追い打ちをかけるように、急に吹雪になった。前が見えない。「寂しい、誰か助けて」と心の中で叫んだ。涙と顔面に容赦なくぶつかってくる雪で顔はべちゃべちゃだった。

今思い出しても中学時代には戻りたくない。

高校に行けた。高校生になれた。通うことが出来て嬉しかった。なんとなくだが皆と同じように高校には行けないような、そんな気がしていた。同級生に、両親が離婚し兄弟が多いため中学を卒業し働く子もいた。事情は違えど、私も就職組かなと漠然と思っていた。

何の夢も希望も無く十五歳の春が始まった。

高校は中学とは全く違う世界だった。三年生はもう大人だ。そんな先輩に憧れ、八〇年代アイドルに夢中になり、友達にも恵まれ、学校生活は思いのほか楽しかった。

告白もされた。なんだか自分が認められているような感じがして嬉しかった。生きている実感がした。

そんな中でも、私の頭の中をいつも占めているものがある。「やらないと怒られる……。やらないと機嫌が悪くなる……」そう、まだまだ続いている私の仕事、家事、親の機嫌取り。

「もう帰るんか?」いつも彼氏に言われるのが辛かった。それはそうだ、いつも一時間そこそこで帰らなければならない。

バスに乗り、買い物をして家へと帰る。片付け、晩ご飯の支度などを考えると仕方がなかった。

彼氏と一緒に居たいが、彼氏より母の怖い顔の方がいつも勝ってしまうのだ。

中学は一日一日が長く感じたが、高校は一年が早く過ぎ、あっという間に三年生になった。

初めて家に呼んだ彼氏は新二だった。新二は破天荒でいつも先生に怒られ、学校ではハラハラされっぱなしだった。でも友達や私にはとても愛情深く、私には無いものを持っている新二が魅力的だった。新二の家に遊びに行くと必ずお母さんがご飯やお菓子を作ってくれる。嬉しかった。新二が愛情深いのはお母さんやお父さんに愛されているからなんだなと感じた。そんな時、私は周りからどんなふうに見られているのかなと、ふと思った。

新二が家に来る！　ドキドキしていた。新二とのことではない。「母が帰ってきてしまったらどうしよう」のドキドキだった。母が帰宅する前に帰ってもらうのが新二との約束だった。とても申し訳なかった。新二が来たら、二階で待っててもらい、まず茶の間の電気を点け、先に茶碗洗いを済ませておくのが私のルーティンだ。話に花が咲き、うっかりいつものルーティンを忘れた日があった。母が帰ってきてしまった。母が下から怒鳴っている。母は相手が誰であろうと、どんな状況であろうと、自分の感情を抑えることは出来ない。私は慌てて下に下りて行った。

「茶の間の電気も点けずに何やってたの！　いやらしいね！」

「何もしてないよ、ごめんなさい……」

と言ったが無視だ。無視は一番辛い。

ドンドンと足音をさせ、茶の間を移動する母。ガチャガチャと茶碗洗いをしている音が二階まで聞こえてくる。こんなことがあると、一週間は無視が続く。

「俺帰るわ……」

「うん……ごめんね……」新二は気を使って帰って行った。

厳しい家なんだな～くらいに新二は思っていたかもしれない。厳しいといえば厳しいが少し違う。

私も、まだこの頃はわかっていなかった。

新二とは、だんだん距離が開き始め、終わりを迎えた……。


そんな母も機嫌がいい日がある。父以外の男性と楽しい時間を過ごした日だ。関係が最後まであったかは知らないが、いや知りたくもないが、四人は居たのではないかと思う。皆、母の働く喫茶店の常連客だ。信じられないことに母は男たちの話を平気でしてくる。普通にしてくる。私が高校生になったからなのか、たまたまこの時期に関係が始まったから話したくて仕方ないのかはわからないが、多分後者だろう。子どもの年齢を気にするわけもないからだ。

「白い車を見ると全部彼の車に見えちゃうんだよね～」

「………」

「いや～なんか言いなさいよ！」

高校生の娘が何と答えれば正解だったんでしょうお母さん。私はあなたの友達ではありません。男の話を聞くのは気持ちが悪かったが、毎日機嫌が悪く、理不尽でヒステリックな母より少しはましだった。

ある日、何の脈絡もなく母の友人の話をしてきた。

「山岡さんね～、旦那さんが全然SEXしてくれないから、夜ベッドに入って旦那さんの隣でオナニーするんだって～。それが最高なんだってさ！」

「……」

とにかく、とにかく気持ちが悪かった。山岡さんに対しても気持ちが悪いイメージがついてしまった。

母は何故、私にそんなことを言うのか……いや、言えるのか。私にはわからなすぎた。

鎖骨から肋骨までの間の奥の部分が何とも言えない感じになる。痛いとか痒いとかではなく、何か濃い物が生まれる。色は藍色と深緑が混ざった感じだ。それが徐々に上へ移動し喉が固くなり最後は涙が出る。

そんな症状になるのはしょっちゅうだ。これが出ると必ず誠を思い出す。「まこと〜〜げんき〜？　そっちは楽しいかい？」

どうして、どうして誠は死ななきゃならなかったのか……。

誠は遠く離れた共同墓地にいる。父も母も誠に会いに行こうとはしない。父は車があるのに。悲しかった。

誠、会いたいよ……。

「誠に会いに行きたいんだけど……」

恐る恐る母に言ってみる。

「忙しい!!」

冷酷な言葉が返ってくるだけだった。やっぱり言わなきゃよかった。

その時、今までこれほどの感情を出したことがあっただろうか、というくらい、母の言葉、父の無関心さに腹が立ち、茶の間のドアを思い切り閉め二階に上がった。

「いやー!! 何なのさ!! 生意気に!!」

母が怒鳴る。お母さん、あなたはいつもしていますよ。言えるものなら言ってやりたかった。

ある日、突然母が話し出した。本当に突然。

「あんたにまだ兄弟いたんだよね～」

「えっ?」

「誠の下だったかな～? あんたの下だったかな～? 生活出来ないから、おろしたさ」

頭が真っ白になった。生活出来ないからおろした……。そういうことはあるかもしれないが、でも母が軽々しく言ったのが許せなかった。誠の下だったか、私の下だったか、忘れていることが信じられずショックだった。

誠……私たちは三人兄弟だったかもしれないんだって……。

余計、誠に会いたくなった。またひとつ決して軽くはない複雑な形の荷物を抱えた。

「社会人」になる十八歳の春が来る。「社会人」って何だろう。辞書には「社会の中で働く人」と書いてある。

社会の中で働く人（親）と生活を共にして観察しているが、私は社会に出る事が不安でしかなかった。

大学か短大に行きたかったが、親に言う勇気もなかったし「いいよ」なんて言うわけもないのを知っていた。

まさにバブル時代だった。就職の求人は学校に山ほど来ていた。少しでも自分のやりたかった仕事に近い職場をどうして選ばなかったのか、悔やんだ時期があった。保母さんになりたかった。子どもが好きだった。結局は一般企業の事務員として就職した。大人だらけだ。緊張しないわけがない。上司に怒鳴られる。何故かこれには対応出来た。その代わり周りも気にせずバカみたいな大声を出し、議論している上司の声を聞くと動悸と頭痛が私を襲った。

とりあえず職場では上司、先輩、同期に恵まれ、それなりに充実はしていた。

そんな頃、同じくさっちゃんも頑張っていた。

養護学校を卒業し、知的障がいを持つ人が働く「百円ケーキ屋さん」に就職していた。全く知らなかった。小学校を卒業して、少しの間手紙のやり取りをしていたが、自然に途絶えてしまっていた。時々、どうしているかなと思うだけで行動はしていなかった。

偶然、小学校時代の同級生、千恵ちゃんと町で会い、そのままお茶することになった。

「久しぶりだね〜。千恵ちゃん、元気だった〜？」

「うん！　元気だったよ。優子ちゃん変わらないね〜」

「そう？　な〜んも考えていないからね〜」嘘をついた。

「あのね……」

「うん、どうした〜？」

「……」

「何かあったの？」

「うん……うちの弟さ、さっちゃんと同じ養護学校だったじゃない？」

「そうだったね。なに？　さっちゃんのこと？」

「うん……ほら、弟のことで何かと養護学校に行くこと多くてさ、さっちゃんの話が耳に入ってきて……」

「話って？」

「養護学校でずっといじめられてたみたいなの……」

「そうだったんだ……」

「でね……高等部の時……同級生と先生に……」

「え……何……」

すごく嫌な予感がした。心臓が速く動き出した。

「うん……二人に妊娠させられたみたいなの……そして中絶を……」

「……」

千恵ちゃんの話が衝撃過ぎた。周りの音が消え、耳鳴りだけが残った。気が付くと、右手の人差し指から血が出ていた。親指の爪で刺していたようだ。

憎い、憎い、憎い。初めて人を「殺したい」と思った瞬間だった。

段々と店内の音が戻ってきた。

軽快なジャズ、ボコボコとサイフォンで淹れるコーヒーの音、好きな音が騒音に変わった。好きなコーヒーの香りも吐き気を催してしまった。

「優子ちゃん大丈夫?」

「うん……」

本当は全然大丈夫ではなかった。

私たちは「またね」と言って喫茶店を出た。

何故だろう、さっちゃんに会いに行けなかった。

きっと、笑顔でお客さん一人ひとり丁寧に、ケーキを売っているんだろうね、さっちゃん……。


バブル期真っ只中、私もその中に居た。活気づく世の中を経験をした。飲み屋はだいたいどこも混んでいた。

社会人にもなれば行動も変わってくる。私の勤めた会社は、とにかく飲み会が多かった。社員みんなのノリも良かったせいか、歓迎会、送別会は当たり前。売上を達成した、誰かの誕生日、今日はシバれた、暑かったなど、何かと理由を付けては社員皆で飲みに行った。家のことはもちろん頭をよぎるが、断ると雰囲気を壊してしまいそうで参加していた。若かった、楽しかった。悲しいかな、親のＤＮＡでお酒は強かった。なんでもいける口だった。楽しく飲んでいると時間を忘れ、仕事終わりに行くので当然帰りは遅くなってしまう。帰宅し玄関を開けると一瞬に酔いがさめる。仁王立ちで母が待ち構えている。恐怖以外の何物でもない。

「今まで何やってたの!!」

「遅くなりました、すみません」

「あんたは男好きだね～。へらへら付いていくんだべさ～。ああ嫌だ嫌だ！」

いつも自分が言いたい事を強い口調で吐き、鬼の顔をしたまま茶の間へと消える。仁王立ちで待ち構えていない時は、手紙が置かれている。新聞のチラシの白い方にびっちりと私への文句が書かれている。しばらく私は動けなくなる。母は人を不安にさせる言葉をたくさん知っていた……。

「いつか罰が当たる！」

「今に見てなさい！」

「私は何でも見える、霊感すごいんだから！」

「とどめ刺してやる！」

　こんな言葉を毎日シャワーのように浴びせられた。何をするにも心が自由ではなかった。悲しかったが、私はまだ気づいていない。親だから、母親だから。私が悪いんだと自分を責める。誰に対しても嫌なことが嫌と言えなかった。八方美人になる。何事も穏便に済ませたかった。争うのが嫌で自分の感情が出せない。否定ばかりされてきたため、自分の意見を言って否定されるのも怖かった。ずっと自分を殺してきた。自分が我慢すればいい。ずっとずっと人の顔色を窺って生きてきた。相手の言動、行動の変化に敏感になり生きづらい……。

　仕事がいろいろな面できつくなってしまった。辞めたらなんて言われるだろう、怒られるに決まっているよな。と、まず母のことを思ってしまう。

我慢し結局、体もメンタルも壊れ辞めた。「あんたなんて出来ないと思ったわ！　私なら出来たのに!!」母が笑う。

皆、辞めると思って会社に入りはしない。仕事をしてみてわかることだ。どんな人にも思う、体を壊してまで無理をしないでと。悲しいかな、自分一人いなくても回るものだ。時が解決し、過去になる。今ならわかる……。

当時は全否定されるのがわかっていたため相談もしない。相談したことによって余計メンタルが壊れるのも知っていた。

母はそんなことは知ったこっちゃない。「早く働いて家にお金入れなさいや！」追い打ちをかける。必死に次の仕事を探した。

たまに神様がプレゼントをくれる時がある。何故か「もうダメかも……」といっぱいいっぱいになっている時だ。新聞に保母さんの募集が出ていた。採用されてもいないのに嬉しくて顔がにやける。ワクワクしながら詳細を見ると、もう一つプレゼントを出してくれた。「資格無しでも可」とあった。今は無理だが、昭和の時代、保育助手という形で働けたのだ。憧れの仕事だった。すぐ電話をすると、面接してくれることになった。

後日連絡が入り、なんと採用されたのだ。嬉しかった！　私にとっては奇跡だった。出産のため辞める保母さんの代わりだった。○歳児から五歳児までを預かる託児所のような保育所だった。縦割り保育だったため、子どもたちはみんな兄弟のようだった。忙しかったが楽しかった。子どもたちと触れ合っていると癒された。ミルクを飲ませ、おむつを替え、公園を思いっきり走り回る。添い寝して私の横でスースーと寝息を立てて眠りにつく様子を見ると、母性が溢れだした。

この頃私には龍也という彼氏がいた。龍也といると緊張した。正直、龍也が怖かった。暴力があったわけではないが、何に対してもすぐキレ、会話をするときは言葉をすごく選ばなければならなかった。何処に行っても、誰と会っても、いつ怒りだすか、心臓がチクチクしていた。

とにかく毎日忙しかった。家事、母の機嫌取り、仕事、龍也……。


二十七歳、私は発症した。

突然だった、本当に突然だった。朝いつもの時間に起き、いつものように仕事へ行く支度をしていた。そんな時だった。

自分が現実にいないような……夢の中にいるような……目の前に膜が張っていて剝がしたくても剝がせない。なんと表現したらいいのかわからない感覚に襲われた。いったい自分に何が起きたのか分からなかった。

とにかくとにかく怖かった。

そんな症状が続いていたが仕事には行った。自分に起こっていることは怖かったが、周りはいつもの日常が流れている。周りは何も変わっていない。それは怖い中でも理解出来たので、少しでも気を紛らわすため働いた。

　園長に体の症状を打ち明けた。園長は「働かせ過ぎよね、ごめんなさい」と言って親身に話を聞いてくれ、私の症状に合った病院をいろいろ調べてくれた。主に内科、アレルギーもあったため耳鼻咽喉科も回った。必死に回った。

　どの病院も同じ。結果は、何も異常は無かった。どこかが悪いと言ってほしかった。

「だからそうなったんだ」と答えが欲しかった。

　一日が長かった、とにかく長かった。この状況に、ただただもう耐えるしかなかった。わからないのだから。運転中このまま縁石に突っ込んでも痛くないんじゃないかなという思考にまでなっていた。死にたいわけではない。

　症状が出て何日目くらいだっただろう。まだそんなには経っていない夜のこと。嫌だった。本当に嫌だったが、初めて母に甘えてみた。恐る恐る。

「悪いけど一緒に寝てくれないかな……」

母が寝ているベッドの足元から声を掛けてみた。

「はっ!?」

「最近体調悪くて……怖くて……眠れないんだよね……」

症状を説明してもわからないと思った。症状を説明するのもまだだ怖かった。自分でも何が起きているのかわからなかったから。とにかく今私は、母を求めているのは間違いなかった。

母は無言で布団をバサッと開けた。私は「すみません」と言いベッドに入る。

母はカチカチッと素早くひもをひっぱり電気を消した。真っ暗になる。母が大きく寝返りをした。布団の中からすごい風が来た。髪の毛が全部逆立つくらいの。母は私に背を向け寝た。

暗闇が怖かった。怖くて怖くてたまらなくて体が自分の意志とは無関係に小刻みに震える。それを抑えようと力を入れると余計震えた。寝ている頭の先には窓がある。思いっきり体をそらし月を探した……。眠れない……。眠れないからどうしても体が動いてしまう。

「はぁっ！」母の強い溜息。

更に恐怖が私を襲う。動悸が頭まで響く。私は「もう駄目だ」と思い、思わず母の手に触れてしまった。

というか、手を繋いでほしかった。

「いやっ！　気持ち悪い！」と言われてしまう。確かに私の手は汗でびちょびちょだった。

「ごめんなさい……」

母の言動はいつもと変わらなく冷たかったが、この時は恐怖心の方が強かったので、あまり悲しくはなかった。ただ、大体こんな感じになるのはわかっていたのに、母を求めてしまったことに後悔した。

翌日、母が父に報告する。

「優子気持ち悪いんだわ〜。いきなり人のベッドに来てさ〜。手びちょびちょでさ〜」

息を吸うのを忘れている、いくらでも息を吐いていられた。喉に大きな熱い塊がまた居た。

（優子ちゃん怖かったね、ずっと見ていたよ、優子ちゃんが月を探しているとき。何もしてあげられずごめんね）

それから症状が悪化し、仕事に行けなくなった。

朝、階段下から母の怒鳴る声が聞こえる。

「仕事行かなくていいんかい!!」

「休む……」

「はっ!!　なまくら病だ―――!!　働け！」

「……」

動悸と汗が止まらない

龍也とは会っていなかった。会えなかった。会いたくなかった。一応症状は説明したが、やはりわかってもらえない。

もう二週間まともに眠れていない。私は自然と電話帳で精神科を探していた。何か見えないものに引っ張られるように。もう自分でも気付き出していた。心が希望していた。

龍也に久しぶりに連絡した。連絡できた。病院に行く事を話した。

「何処の病院？」

「……」

「もしかして精神科？」

「うん……」

「人間やめるの？」

悲しかったが涙も出なった。涙が出たらまだ良かったのかもしれない。龍也に話した次の日、一人で病院へ向かった。

ゆっくり「精神科内科」のドアを開けた。先生は、ただただ話を聞いてくれるだけだった。優しく「うん、うん」と、言いながら。病名は言われなった。言わないものなのかもしれないが、私も何故か聞かなかった。というか、まだ聞けるような精神状態ではなかったのかもしれない。薬をもらい病院の玄関を出た。

薬を服用し、恐怖の膜が少しずつ剝がれていった。父も母も精神科に通っているのは知らない。まだあの恐怖の症状に戻ってしまう瞬間はやってくるが、かなり落ち着いていった。

龍也に連絡した。

「もういい！　もういい！　はいはい、もうやめよう!!」

と龍也は強い口調で言った。待たせてしまったからなのか、精神科に通う女はだめなのか。

「ごめんね、今までありがとう」

と言い、私たちの関係は終わった。少し涙が出た。出るようになった。悲しかったか？　やっと終われた？　後者かもしれない。

龍也と別れ、仕事も辞め、二年が経った。

まだあの恐怖感が襲ってくることはあるが「大丈夫、大丈夫」と何度も自分に言い聞かせ、自分に戻れるようになっていた。

この頃は、とにかく家を出たかった。とにかく早く。早く母から逃げたかった。

（逃げていいのよ。優子ちゃん、逃げなきゃダメ）

「家を出る」私の中の選択肢は「結婚」の一択だった。一人暮らしは考えなかった。一人暮らしをしても母から監視される気がして選ばなかった。とにかく面倒臭くなく家を出るのは結婚だと思ってしまった。そして近くで守ってくれる人が欲しかった。相手には申し訳ないが、本当に申し訳ないが誰でも良かった。

本当に誰でも。

誰でもいいわけがない。この時はまだわかっていなかった。

京子とは付き合いが長い。顔が広く世話好きな子だ。京子は私の環境、今までの彼氏、病気、いろいろ知っていた。天真爛漫で「京子はなんも悩みなんかないしょ〜」と誰からも言われる雰囲気を持っていた。

私も京子のバックグラウンドを知っていた。

京子は赤ちゃんから十八歳まで養護施設で育った。親の顔、親が誰なのかも知らない。高校を出て一人暮らしをしている。京子とは高校で出会い自然と惹かれ合い、それからの仲だ。京子は「兄弟もいっぱいいて、お母さんもいっぱいいる。あそこは私の実家、みんなに会いに帰りたくなる」と言う。本心はわからないが、環境ってすごいと思った。実の親兄弟ではないのに、あんなに愛情深い人間に育つのだから。ますます自分のこれからに自信がなくなってしまう。京子は高校を卒業して、なんの迷いもなくホステスさんになった。「だって、いっぱい稼いで施設の兄弟、お母さんたちにプレゼントしたいもん。施設も古いから直してあげたいんだ～」とあっけらかんと言った。京子はナンバーワンになり本当にそれを実現した。

京子から連絡が来た。「紹介したい人がいるから、いつもの居酒屋で待ってて～」と。

少し早めに行き、入り口が見える小上がりに座りドキドキしながら待っていた。待ち合わせ時間五分前に京子とおとなしそうな人が暖簾をくぐり入ってきた。

第一印象はいわゆる「いい人っぽい」だった。お互い軽く会釈をし、お見合いのようなものが始まった。

龍也とは正反対な感じだ。酒も煙草もしない人。父が酒乱だったこともあって、酒も煙草もしないのがまずは良かった。年齢も十歳上、当然守ってもらえるだろうと決めつけた。それから私の質問攻撃が始まった。京子に「まあまあ優子ゆっくりとさ〜」と言われるくらい、もう私は面接官のようになっていた。その後、何回か京子と三人で食事をし、そのあと自然と付き合うようになっていった。

私は三十歳になっていた。

彼は村木秀夫。市役所に勤務する公務員だ。実家暮らしで、家族がとても仲が良く羨ましかった。普通の家族とはこんな感じなのか、どこかその情景を遠くから見ている自分がいた。秀夫は今まで女性と交際をしたことが無かったらしい。少しびっくりしたが、まあそんな人も居るよな、と聞いたときは別に気にはならなかった。

セックスの経験もなく、ホテルで何回か試すが秀夫は出来なかった。しかしそれもあまり気にならなかった。龍也が自分本位な激しすぎるセックスをする人だったからかもしれない。

付き合って三か月。秀夫からプロポーズされた。少し嚙み合わない部分はあったが、仕事も安定している、もうこの人でいいと思ってしまった。目的は家を出ることだから。だがこの時点で秀夫のことは、ほとんど知らないに等しかった。

とにかく幸せな家庭を作ろう。今までをリセットしたい。それだけだった。

そして私は結婚し、村木優子になった。嬉しかった。本当に嬉しかった。家を出られたこと、単純に名字が変わったことが。早起きしてお弁当を作る。秀夫は定時に起き、定時に朝食を食べ、定時に出勤、定時に帰宅する。父とはまるで違った。夕食後テレビを見ながら一緒にコーヒーを飲む。そんな些細なことが私にとってはとても幸せだった。

友人は「そんなの普通じゃない？」と言う。

「普通」、普通か……。私には普通が分からなかった。

そんな「普通」が壊れていくのに時間はかからなかった。まず秀夫は家に帰ってこなくなった。女が出来たわけでも、ギャンブルをしているわけでもないようだ。女や男、ギャンブルなら幼いころから免疫はある。秀夫は実家に行ったきり帰ってこなくなったのだ。私には一番わからない心情だった。定時に帰ってきていた秀夫は我慢して「五時まで男」を演じていたのか？

週一回の実家帰りは「まあいいか」と思った。「そんなものなの？」とも思った。そのうち自然と月の半分は実家で生活するようになっていった。嫁が旦那の居ない日中、毎日のように実家に帰りのんびりしているというのは既婚者の友人からよく聞いていた。実家に帰りたいという気持ちになれない私には、正直何が普通なのかわからなかったので友人に聞いてみた。「はっ!?　ありえないから、それ変だよ、旦那なんなの?」という返事が返ってきた。やっぱりそうだよな、と変に安心した。それともうひとつ私たちの生活には夜の営みがなかった。セックスがしたくてたまらないわけではない。男なら襲いたくならないのか?　単純に疑問が湧いた。そして私は自信を失くす。ある夜、勇気を振り絞り秀夫に聞いてみた。

「どうして私たちは夜の生活がないの?」

「優子のこと嫌いじゃないんだけど、もうそういう気が無くなったんだよね」

「え?」

「浮気してもいいよ、親に恥かかせない程度にね」

と訳の分からないことを秀夫は言った。悩んで悩んで聞いた結果がこれだった。質問から答えまで十秒もかからなかったかもしれない。ショックで頭が真っ白になり、久しぶりに胸の中に塊が落ちてきた。

これだけで離婚の理由になるらしいが、幸せな家庭を夢見ていた私はこの生活を壊したくなかった。

続けるためにはどうしたらいいのか……。帰ってきても秀夫はいつも上の空で、勿論会話なんてない。

ご飯を食べ、お風呂に入り、別々に寝る。そんな生活が三年も続いた。私も、もう三十三歳になっていた。子どもが欲しかった。

三年前に言われたことは忘れてはいない。悔しいが言ってみるしかなかった。悔しいが私はお願いした。

「赤ちゃんがほしい」と。嫌そうな顔をしたが一応秀夫は受け入れた。親に孫の顔を見せたいために我慢したのだろう。私にとっては屈辱的だった。キスもなく、ただただ子どもを作るためだけの最小限の行為。悔しくて悲しくてたまらなかった。行為が終わると秀夫はさっさと部屋から出て行きシャワーを浴びている。

堪えた、ぐっと堪えた。赤ちゃんと会いたかったから……。

毎日「新しい命が授かりますように」と祈った。

生理が遅れている。まさか？　自然と顔がにやけた。スーパーに買い物に行った後、薬局に立ち寄り、とりあえず妊娠検査薬を買ってみた。ドキドキしていた。すぐ試せばいいものを何故か自分の中で確信のようなものがあったのか、買い物してきた物をまずはゆっくり冷蔵庫にしまう。しまい終わった途端自分でも気持ちが悪いくらい、にやけが止まらなくなり、今度はワクワクしだした。居間を出て玄関横にあるトイレに向かった。五分くらい待っただろうか、検査薬のスティックにスーッと赤い線が縦にはっきり出ていた。嬉しかった。

龍也と付き合っていた時もこういう経験がある。生理が遅れ、不安な気持ちで検査薬を試し、赤い線が出なくて喜んだ。不思議なものだ。

その夜、さすがに秀夫も反応があるだろうと期待し報告した。

「あのね、妊娠したみたい」

「へ～」

「検査薬だから、明日病院でちゃんと診てもらうから」

「う〜ん」

新聞を見ながら振り向きもせず、ただそれだけだった。他人事だった。

病院で検査し、やはり妊娠していた。

秀夫はまた実家に行って帰ってこない。電話をし、間違いなく妊娠していたことを告げると「ああ」とだけ言い電話を切られた。悲しいかな「おめでとうございます!」と喜んでくれたのは、産婦人科の先生と看護婦さんだけだった。

幸いにもつわりも少なく元気に過ごせた。お腹がだんだん大きくなっていく、幸せだった。本当に幸せだった。

相変わらず秀夫は帰ってこない。でも一人じゃなかった。

あっという間に月日が経ち、妊娠三十九週目に入った。もう寝ようとしていたころ急にお腹が痛くなった。

私、陣痛始まったの? 先輩ママが言っていた、「お産って夜中で、

しかも満月の日が多いらしいよ～」と。満月だったかは、わからないが
とにかく夜中に始まった。
秀夫の携帯電話にかけたが出ない。何度もかけたが出ない。初めての
出産。「もう生まれてしまうのではないか」というくらい痛かった。不
安が私を襲う。秀夫は実家に居るはずだ。実家に電話した。やはり秀夫
は実家に居た。
「すぐになんか生まれないわよ」と電話の向こうで姑が叫んでいる。秀
夫は一言も発しなかった。そのうち電話は切れた。
病院で「陣痛が始まったら」の説明は受けたはずだが、全く冷静さを
失ってしまった。とにかく病院に電話をした。もう痛すぎて秀夫のこと
はどうでも良くなった。
「まだ大丈夫ですよ～。二時になったら病院に来てくださいね」と看護
婦さんに優しく言われた。
「すぐになんか生まれないわよ」の姑の言葉を思い出した。やっぱりそ

ういうものなんだと思うとなんだか腹が立った。

二時か……。今十二時だからあと二時間もある……。怖かった。反応はわかっているのに、また母を求めてしまい電話した。母は私に関心はないくせに興味はあるので、私の行動を知っていたい。後から「なんで言わなかった」と面倒くさいことになるのも嫌だった。というのもあったかもしれない。

「なにさ！　こんな遅くに！」

「陣痛きて、これから病院行くの」

「お酒飲んでるから行けない!!」

一方的に電話を切られた。「想定内、想定内」自分に言い聞かせる。とりあえず伝えたので母への仕事は終わった。が、同時に親とはこんなものなのか？　これから親になろうとしている自分に問いかけた。いや、私は絶対あんな風にはならない。ジェットコースターのような陣痛をこらえながら、お腹の子に誓った。母は私たち兄弟がお腹にいる間、いったいどんな感情だったのだろう。私は十か月間愛おしくて愛おしくてここまで来た。母もそんな気持ちが少しでもあったのなら「嬉しかったよ〜」なんて聞けたのなら、母の言うことは何でもしてあげたいと思ってしまった。

痛みがおさまっている間に入院の支度をし、タクシーの予約をする。秀夫からの電話はない。

午前一時三十分。一人で病院へ向かった。タクシーの運転手さんが「大丈夫かい？」と声を掛けてくれた。嬉しかった。涙が出た。運転手さんが「痛いのかい？」と言ってきた。私は首を振った。違うんです、運転手さん、あなたの声掛けが嬉しかったんです。と心で言った。

病院に着き、検査を終え陣痛室へ。痛みと戦っている仲間がたくさんいた。みんな痛くてうなっている。何とも言えない情景だったが、自分もすぐその中の一人になった。痛みと痛みの間隔が短くなり痛さのピークでつい声が出てしまう。「自分も痛いが、お腹の赤ちゃんも頑張っている」と本で読んだ。そうだった、思い出したら頑張れた。当たり前に周りは、夫や両親が付き添っている。その時は寂しさより痛みが勝っていた。

ランダムに戦友が分娩室へと消えていく。その時が来た、私も分娩室へと向かった。

午後一時四十八分、風子が生まれた。三千グラムちょうどの元気な女の子だった。会いたかった、会いたかった。無事生まれてきてくれてありがとう。ただそれだけだった。かわいくて愛おしくて涙が出た。

風子は元気だったが、私の体はどうも大丈夫ではなかったようだ。医師から話があり、出血が多くこのままだと輸血になるかもしれないので、ご家族の方に説明をしたいと言うのだ。家族が誰もいないため、一人で説明を聞くことになる。

いろいろな色の点滴がぶら下がる。不安しかない。起き上がれないいま三日が過ぎた。幸い輸血はせずに済んだ。三日間、看護婦さんが献身的に看護してくれた。

風子とは三日間会えていない。私の体調も落ち着いてきた四日目、やっとやっと会えた。ごめんね、おっぱいあげられなくて……。いろんな気持ちが込み上げてきて泣いてしまった。看護婦さんが優しく背中を撫でてくれる。初めてのお乳を風子にあげた。「すごい！」誰も教えていないのに、一生懸命吸ってくれている。また涙が出た。

その日の夜のことだった。「おかあさ～ん、良かった～」と涙ぐんでくれた看護婦さんが病室に入ってきた。毎回出血の様子を見てくれた看護婦さんだった。お母さんと呼ばれ戸惑い、涙ぐんでいるのに、また私は戸惑った。あぁ私はお母さんなんだと実感した。それと同時に、看護婦さんが流している涙の意味は「もしかして、私は危なかったのか？」と思うと怖かった。でも私のために泣いてくれている人がいる……。感謝しかなかった。

予定より二週間遅くなっての退院になった。元気百倍の風子ごめんね、お母さんに付き合ってもらって、さあお家に帰ろう。あの日のことは鮮明に覚えている。こんな素敵なプレゼントを家に持って帰っていいんだと。

嬉しくて、嬉しくてたまらなかった。

秀夫は仕事だと言って迎えには来てくれない。そんな家庭はたくさんあるよな、と自分に言い聞かせるが、大勢の身内に囲まれ笑顔で退院する人を見るとやっぱり羨ましかった。

「産後の肥立ち」二十一日間は無理をしない。昔から言われている。これも状況で出来ない人がたくさんいるだろう。体調がすぐれなかったため世話になってもいいか、ダメもとで母に聞いてみた。母は「ああ！」と不機嫌だったが受け入れてくれた。風子も関わることだからぐっと堪えた。食事は一日目だけ作ってくれた。あとは昔と変わらずの環境。カップ麺が並ぶ。それでも、買ってお湯を入れてくれるだけでもありがたいと思うほどの体調だった。父は相変わらず帰ってきたりこなかったり。

母は「私だけなんでよ〜!! あ〜あ私も遊びたいわ〜!! 三時間おきに泣くんだわ〜。泣き声が耳から離れないわ!」と茶の間で大の字になる。子どもが、駄々をこねている感じだった。横で寝ている風子の耳をそっと塞いだ。涙が自然と出る。また誠に会いたくなった……。

精神的に限界だった。一週間足らずで実家を後にした。

私は今までいろいろな本を読んできたが、自分の内側、自己啓発的な本ばかり手に取っていた。間違いではないのだろうが、いつもしっくりこなかった。ある日「毒親」関連の本に出会い自分の思考が徐々に変わっていった。何十冊読んだことだろう。信じたくない文言が並べられると心臓が痛くなり、そんなはずはないと心が逆戻りする時もあった。

でも、風子を抱っこし、荷物を抱え実家を出る時、母は「毒親」だったんだと確信した。それは親子として悲しい結末になるということだった。

相変わらず秀夫は帰らない。職場から実家へ直行する。風子にもなんの興味も示さない。不思議でたまらなかった。そんな毎日を騙し騙し続け、風子が五歳の誕生日を迎えたその日、私は決断した。

覚えていたのか、偶然かわからないが秀夫が家に帰ってきた。今日を逃せられない。「今日だ」となぜか思った。風子が眠り、静まり返ったリビングで私は秀夫に離婚を切り出した。

「え？　離婚はしないよ」

秀夫は思いのほかびっくりしている。

「もう無理なの」

離婚したい理由を話した。結局話しても疲れただけだった。「離婚はしないよ」と言っていた、たった、たった三十分後にはあっさり「わかった」と秀夫が言ったからだ。

四十歳春、私はシングルマザーの道を選んだ。

離婚経験者は周りにたくさんいた。他人事だった。まさか自分も離婚することになるなんて思ってもいなかった。

まただ、ここでも幸せになれなかった。自分を責める。風子ごめんね。

自分を責める、責める時間が続く。

何が何でもお母さんはあなたを守るからね。

（優子ちゃん自分を責めないで、あなたは何も悪くない）

幸子はその頃、十七年間働いたケーキ屋を辞めるところだった。風の噂で入ってきていたのに会いに行くことが出来なかった。
さっちゃんもいろいろあっただろうね、頑張ったね、お疲れさまでした。
さっちゃんのお父さんが亡くなり、その一年後、後を追うようにお母さんも亡くなった。どんなにか、さっちゃんのことが心配だっただろうと思うと胸が締め付けられる思いだった。さっちゃんを愛して、愛していた。大切に、大切に育てていた。さっちゃんが困らないようにと、全ての支度を済ませ天国へと旅立っていった。

幸子、三十五歳で知的障がい者施設に入所する。

私は離婚後、風子を守るため、生きていくためなら何でも出来た。仕事、学校のこと、風子に何か言うやつ、何かしてくる奴が居ればただじゃおかないくらいの勢いもあった。でも毎日が大変だとは思わなかった。周りに助けてくれる人がたくさんいた。同じ境遇のいわゆるママ友もいた。私は恵まれていた。風子のお陰でいろいろな経験をさせてもらえたと思っている。

残業で保育所の「お残り」をさせてしまったり、小学校の留守家庭児童会でお迎えが一番遅い日もあった。風子は「友達もいるし、おもちゃもたくさんあるからお残りは楽しいよ！」と言う。兄弟もいないから本心なのか、本心ではなく本当は寂しかったのかは風子にしかわからない。お迎えにおじいちゃんおばあちゃんが来る家庭を見ると羨ましくて、そういう時はやっぱり涙が出そうになった。絶対に親には頼まなかった。絶対に。

風子には申し訳なく思っている。父、祖父母合わせて五人と会えなくなってしまったから。いや正確には会ってくれなくなったから……。ごめんね風子……。罪悪感が重たく私の体にのしかかってくる。

風子はとても素直で優しい子に育ってくれた。成績も優秀だった。激しい反抗期もなかった。少しはそういう感情を表に出せれば発散にもなったでしょう。きっと私を気遣い感情を押し殺していたのかもしれない。これも風子にしかわからない……。

風子高校二年生の秋のことだった。就職希望だった風子が突然、函館の大学に行きたいと言ってきた。

風子の高校は進学校で、ほとんどの子が大学に進学する。突然の変更に正直びっくりはした。学校の三者面談でも「就職します」と風子は力強く言っていた。近くに居てくれてうれしい気持ちはあったが、家庭状況を考え選択したのではないかと、何とも言えない気持ちではいた。風子が大学に行きたいと言ってきた時は、本心は行きたかったんだ。本当の気持ちを言ってくれて嬉しかった。いろいろ悩んだことだろう。

「そう、わかったよ」

私は言った。

スマホを触りながら、うつむき加減だった風子が、すっと顔を上げた。

「いいの？」

笑顔だった。正確には笑顔だったと思う。強い西日が風子の顔を直撃し、風子の顔がキラキラしてわからなかった。でも間違いなく風子はその時キラキラしていた。

後悔してほしくなかった、風子の人生だから。

しかし、現実的にどうすれば大学に行かせてあげられるのか……。

風子はちゃんと考えていた。私の後ろをくっついてきていた風子はもういない。

「国立大学しか考えていないよ、奨学金借りる、就職したら返す感じ」

しっかりした口調で言った。

「生活費は必要になるよ」

私は思わず小声になった。すべての通帳を引き出しから出し、恥ずかしいが我が家はこれしかないと話した。

「大丈夫、バイトするから」

風子は力強く言ってきた。

「ごめんよ……」

申し訳ない気持ちでいっぱいになる。そんな私を察してか「かわいいよね、この通帳」と風子がその場の雰囲気を変える。動物がたくさん表紙にいる通帳だ。

「うん、かわいいよね」胸がいっぱいになった。まだ西日がキラキラと風子を照らしているのを見ると、また胸がいっぱいになった。


毎日毎日、受験に向け勉強を頑張っている。イライラもせず、いたって普通に振る舞う風子。自分の子ながらすごいなと感じた。毎日が緊張しているに決まっているはずだ。そんなたくましい風子を、ただただ私は見守った。

受験日の朝が来た。シバれた朝だった。車で送ると言ったが「バスで行くから大丈夫」と言う。玄関先で「頑張って」と言うと「うん、行ってきます」とバス停に歩き出した。「頑張れ風子」と背中を見つめながら、心の中で叫ぶ。角を曲がると風子が見えなくなってしまう、目を凝らし風子の背中を見つめていた。角を曲がる直前だった。くるっと風子が振り向き、私に向かって笑顔で敬礼をした。胸が熱くなり涙が出た。「気を付けて〜」と腕が外れるくらい大きく大きく私は左右に手を振った。ダイヤモンドダストに守られ風子は見えなくなった。

三月、風子は函館の国立大学に合格した。抱き合って喜んだ、私は号泣したが、風子は冷静そのもの。先に泣かれたから引いてしまったのか、でも当たり前だが風子はとびっきりの笑顔だった。その時私は合格したら函館に行ってしまうことを忘れていた。それから四月の入学式までバタバタの日々を過ごした。入学手続きや函館の物件探し、生活必需品を揃えるなど、とにかく忙しかった。

　何とか準備も整い、入学式を迎えることが出来た。入学式は札幌で行われ、その入学式も無事終わり、別れの時間が近づく。頭ではわかっていた今日までのスケジュールだが、とてもじゃないが心が全く追いついていなかった。晩ご飯を食べてから駅に行こうとなり、札幌駅のレストラン街で豚丼を向かい合って食べている時だった。突然涙が溢れてきた。今日、これでもうお別れなのだ。風子は函館へ、私は帯広へ。

「お母さんやめて～」と言い、恥ずかしそうに私にテーブルの上にある紙ナプキンをくれた。もう泣き笑いだった。あまり吸い込まない紙ナプキンで私は涙を拭いた。

　風子が乗る函館行きの電車がホームに入ってきた。心臓がバフバフしている。「体に気をつけて頑張って」もうそれだけしか言えなかった。風子は「うん」とだけ言い乗り込んだ。

出発まで十分くらいあっただろうか、風子はまっすぐ前を見たままだった。メールで「ファイト！」と送るとこっちをちらっと見てゆっくりうなずいた。

発車のベルが鳴った。風子を乗せた函館行きはゆっくり動き出した。風子十八歳の春が始まった。

ホームで声を殺して泣いた。こんな日が来るとは思わなかった。子どもはずっと一緒に居るような思いを勝手にしていた。地元を離れ大学に行く、就職をするとなると、一緒に居られるのは十八年なんだなと実感した。

あっという間の十八年だった。

大きく深呼吸をし、帯広行きのホームへと私は向かった。

風子が居ない寂しさに追い打ちをかけたのが、契約社員で長く勤めていた職場より、ついに契約終了を言い渡されたことだ。もう五十歳を過ぎていた。考えている時間はない。生きていくためには働かなければならないのだから。

求人を見あさり、ハローワークにも通い詰めた。

再会

ハローワークで何回か担当してくれた年配の感じのいい男性が「ここはどうですか？」と一件の求人情報を出してきた。

知的障がい者の施設だった。

まさか、そこでさっちゃんに再会出来るとは思いもせず、担当の方の説明を聞いた。何故か働いてみたいという気持ちが沸き起こり手続きを進めてもらった。とんとん拍子に話は進み、私は働かせてもらうことになったのだ。

（優子ちゃんもう少しよ、もう少しで心が楽になる日が来るわ。もう少し、もう少し……）

私は五十代から八十代の軽度の方の担当になった。皆一生懸命に生きていた。食事、入浴、何もかもが時間に縛られている。

ご飯を食べる時間が遅いと叱られ、便をしていると「まだか！　まだか！」と急き立てられる。こういうものなのかと疑問を抱く。

若い職員が偉そうに指導しているのを見ると、勘違いしているなと腹が立つ。自分のペースで自由に生活したいだろうか？　このままがいいのだろうか？　長く入所していると当たり前になっていくのか……。ふと考えてしまう。

ある日、先輩職員が「体調を崩して入院していた入所者の小川幸子さんが今日退院してきますから」と言った。

……え？　小川幸子……？

「小川幸子さんですか？」

「そうだけど、知ってるの？」

「同級生に同じ名前の人がいたもので」

「あら、そういえば同じ年だね、倉持さんと小川さん。でも小川幸子ってよくある名前かも」

「ああ～、ま～そうですね」

ドキドキしていた。さっちゃんなのか、よくある名前の知らない人なのか。

昼食を終え入所者さんが居室に戻るそんな時だった。すぅーっと引き戸が開いた。主任とおばさんが入ってきた。そのおばさんは疲れた感じでずっと下を向いていた。私はのぞき込むようにして顔をずっと見ていた。

間違いない！　小川幸子はさっちゃんだった。嬉しかった。本当に嬉しかった。果たしてさっちゃんは私を覚えているだろうか……。

「さっちゃん……私のことわかる？」声を掛けた。さっちゃんは、すっと顔を上げ私を見た。どんな返事が返ってくるのか緊張した。私もおばさんになっている。わからなくても仕方がない。

「優子ちゃんね？　優子ちゃんだ〜」と言って抱きついてきた。

「わかった？」

「うん、わかったよ！　おばさんになったけど優子ちゃんだ！　声でわかったよ」

会いたかった〜と私たちは歳を忘れて抱き合いながら飛び跳ねた。約四十年振りの再会だった。

それは、施設の敷地に植えてある桜が満開になった春のことだった。

「やっぱり知り合いだったのね、良かった。幸子さんお姉さんが亡くなって、かなりショックだったみたいで、食事もできなくなってね、それで入院していたの。力になってあげてね」

「……はい」

ショックだった。私たちより一回り上ではあったが、まだまだ若かった。お姉さんはずっと独身を通したとのことだった。いつも、いつもさっちゃんに会いに施設に来ていたらしい。何があったのかはわからないが、お姉さんは自ら命を絶ったとのことだった。

悲しかった。お姉さんはさっちゃん、おじさん、おばさんが写った写真を握って亡くなっていたと聞いた。でもその写真の三人は皆、首から上が切られていたらしい。お姉さんの気持ちはお姉さんしかわからない。

さっちゃんには病気で亡くなったと伝えている。

さっちゃんが落ち着いたころ居室におじゃました。きれいに整理整頓され掃除も行き届いていた。

「さっちゃん、お部屋きれいにしてるね」

「うん、きれいにしないと怒られるから……」

「怒られるの？」

「うん、すごく怒られるの。昔はもっと怒られたよ」

「そうなんだ……」

「今は自分のお部屋だけでいいから楽だよ」

「え？　どういうこと？」

「昔は幸子たちが全部やってたの」

「トイレとか？　全部ってこと？」

「そう、お仕事だから」

「ふ……ん」

昭和時代の施設を知る人は入れ替わっていてもういないが、噂では職員が怒鳴り散らし、叩く、蹴るで怖がらせ自分の仕事を入所者にやらせていたらしい。

さっちゃんの手は分厚く、たくさん、たくさん働いた手だった。どれだけ厳しく掃除や作業をやってきたのだろう。さっちゃんの肘と膝は墨色になっていた。

それから少しの間、私たちは昔話に花を咲かせた。


「ごめんなさい、ごめんなさい」

「何回言ったらわかるの!!　ここでずっと座っていたら火傷するって言ってるしょ!!」

どうしたんだろう、さっちゃんの声だ。トイレの方から聞こえてくる。

「また幸子さんトイレで座ったまま寝てたんだわ、便座があったかいから眠くなっちゃうんだね、山田さんにみつかったか……。山田さん厳しいんだよね」

ヤバいな……という表情で先輩が言う。まだ入ったばかりの私でもすぐ分かるくらいの嫌なタイプの職員だ。

そして私は小学校時代を思い出していた。さっちゃんはそんなに悪いことをしていなくても、すぐ「ごめんなさい、ごめんなさい」と謝っていたことを。

それから始まってしまった……。指導という名のお仕置き、あるいはストレス発散が。

「ほれ！　早く立ちなさい！　お尻真っ赤でしょ！」

全然赤くはない。無理やり立たせ、お尻を思い切り叩く。

「ごめんなさい、ごめんなさい、」

さっちゃんが浮くくらいにズボンの腰の部分を掴みグイグイと穿かせる。さっちゃんは右へ左へとヨタヨタし壁にぶつかった。

山田さんは入所者が何か一つでもイラッとすることをしてしまうと、自分の勤務が終わるまで、その入所者を徹底して監視し強い指導をする。

そのターゲットになってしまったのが今日はさっちゃんだった。

「聞いてるだけでも嫌な気分になるよね、山田さんがスイッチ入っちゃうと誰も止められなくてさ……。施設長も見て見ぬ振りなんだよね」と先輩が気まずそうな顔をして言った。

　夕食の時間になった。各居室に声掛けに行く。

　さっちゃんの部屋は廊下の一番奥だ。最後の声掛けになる。ドアの前まで行きノックをした。

「は～い」

「さっちゃんご飯だよ」

　さっちゃんが部屋から出てきた。変わった様子はないように見えた。

「さっちゃん？　大丈夫？　さっき……」

「大丈夫よ、慣れてるから。でも山田さんは怖い。ありがとう優子ちゃん」

「ごめんね、助けてあげられなくて」

「どうして優子ちゃんが謝るの？　大丈夫よ！」

笑顔で私に答えるさっちゃんを見るのが辛かった。何も出来なかった自分が情けなかった。

夕食が始まった。

さっちゃんは手を合わせ「いただきます」を何回も繰り返し言う。

「小川さん！　もういい！　早く食べて！　時間無いの！　ちんたら食べないで急いでよ！」

「はい、ごめんなさい、ごめんなさい」

「これおいしいね」と、さっちゃんが隣の席の民江さんに話しかけた。

民江さんはすぐ、シー、静かにというジェスチャーをした。

「小川さん！　いつも言ってるよね！　食事の時はお話禁止でしょ！」

山田さんが言う。食事中の会話禁止は、私はまだ知らなかった。

「おいしいねっていうだけでもダメなんですか？」私は思わず言ってしまった。その場がピリついた。

「聞いてないの!?　決まりだから！」山田さんが強い口調で言う。

すべて時間で動かなければならないのはわかっていた。でも、せかして、せかして、ご飯を食べさせ、心に「ふっと」浮かんだ感情でさえ潰す。怒りで自分の顔が赤くなるのがわかった。山田さんは手の甲で「はいはい急いで！」と背中を叩く動作をよくする。人を馬鹿にしているようで、それを見るのがとても嫌だった。

食事が終わった。

「ごちそうさまでした。ごちそうさまでした」さっちゃんが手を合わせ何回も繰り返す。

「あーもうまただ！　小川さん！　一回でいい！　お経唱えてるみたいだわ！」山田さんの酷い言動が止まらない。さっちゃんはその昔、ここできっと強く強く叩き込まれ、しみついただけなんだと思う。「ご飯を食べられることに感謝しなさい。頂きますとご馳走様でした。は何回も何回も言うように」と練習させられていたんだろうと想像する。

暑い暑い夏が過ぎ、過ごしやすい秋はあっという間に通り抜けて行った。もう少し北海道の秋はゆっくりしていってほしい。厳しい冬を越えた。頑張って越えた。帯広は雪が少なく、十勝晴れと言い、冬でも割と天気のいい日が多いが風が強く吹き、頬が冷たくなり過ぎ、痛くてちぎれそうになる。

そして、春が訪れた。春になると風子と別れた駅のホームを思い出す。春は、どの時代の卒業ソングを聞いても胸がしめつけられる。

一年経った今も施設内の状況は何も変わらない。怒鳴る声、謝り続ける声。業務は確かにハードだ。どんな仕事もそうだが自分の思うように事は運ばない。でもさっちゃんも入所者さんも好きでこの状況になったわけではないのだ。そして一年経った今思うことは、私は山田さんのことは何も知らないという事。優しく言うと、山田さんには山田さんの事情があるという事だ。どんな事情があるかは知らないが、どんな人にもそれぞれ事情があるものだ。でも虐待は許されることではない。

春になると、ぐっと外出する機会が増える。散歩、ドライブ、買い物、遠足。冬は外出出来ず籠っていただけに、みんなが待ちに待っていた春だ。

五月の行事予定に、遠足が入っている。場所は「十勝千年の森」だ。車で四十分強は掛かる。楽しい外出だが、職員にとっては、何かあっては……というもの以上の緊張の勤務になる。車中は大丈夫か、現地での怪我、体調の変化、持病を抱えた入所者もいるため、色々な心配が山盛りだ。

当日を迎えた。二組に分かれ、送迎車二台で行くことになった。私はさっちゃんの担当になった。出発に向けての確認が終わり、私はさっちゃんの隣に座った。

「さっちゃん、楽しみ？」

「うん、楽しみだよ！　優子ちゃんと一緒だもん」

本当に嬉しそうな顔をして、ニコッと笑った。昨年は、退院したばかりで、遠出の遠足はお留守番だったのだ。施設の周りの散歩はよく一緒に行くが、さっちゃんとの遠足は初めてだった。仕事とはいえ私も楽しみだった。

「ねえ、さっちゃん？　覚えてる？　小学校で行った遠足のこと」

「う……ん」

「いいの、いいのごめんね。大昔の事だもんね。あの時もワクワクしたな～。お昼ご飯食べたらさ、さっちゃん、ちょうちょ見つけて、ずっと追いかけて行ってさ～」

「それで？　それで私どうした？」

「先生に呼ばれて二人で戻ったと思うよ、私も記憶が曖昧だね」

「そうなんだ……。戻ったんだね……」

「え？」

その時さっちゃんは、なんと表現していいのか、私の知らない顔をし

た。

道中何事もなく「十勝千年の森」に着いた。みんな元気で、まずは一安心。昼食を済ませ少し休憩をとった。

最高の天気、雲一つなく、五月ではないような、秋のような空の高さだった。この時不思議な感覚があった。空が私を見ているような、空が包み込んでくれそうな、そんな感覚があった。

少しの休憩を終え、みんなでヤギの餌やり体験をしに行った。かわいいかわいい真っ白な子ヤギがお出迎え。慣れているのか、ものすごい勢いで近づいてくる。一生懸命ムシャムシャ食べるヤギを見て癒された。

逃げろ

自由時間になった。

「さっちゃん、何する？　どっちの方行こうか？」

「……」

さっちゃんは草の上に寝転がって何かをじっと見ている。

「さっちゃん、どうしたの？」

「……」

さっちゃんは、てんとう虫とにらめっこ中だった。私も寝転んでさっちゃんと同じ視線に合わせた。さっちゃんはまだずっと見ている。私は仰向けになり空を眺め大きく深呼吸した。少し目を閉じた時だった。隣のさっちゃんが立ち上がった気配がした。目を開け仰向けになったままゆっくりさっちゃんの方を見た。さっちゃんが空を見上げながら小走りで走っていく。私は慌てて起き上がりさっちゃんを追いかけた。

「さっちゃ〜ん、待って〜どうしたの〜？」

「ハッ、ハッ」

息づかいが聞こえるまで追いついた。

「ねえ、さっちゃんどこ行くの〜？」

「優子ちゃん、ちょうちょ」

「え？　ちょうちょ？」

「ほら見て！」

とまだ空低めに飛んでいるちょうちょを指さし嬉しそうにさっちゃんは笑っている。

「ほんとだね！　ちょうちょだ〜」

さっちゃんはちょうちょを追いかけるのを止めないので私は「ヤバい」と思い、さっちゃんの手を握り、みんなの元に戻ろうとした。その時さっちゃんが……。

「小学校の時の遠足と同じだね、ちょうちょ追いかけてる」と言った。

「さっちゃん、思い出したの？」

「うん」

胸が熱くなるような、締め付けられるような、今まで自分の中で起こったことがない、何とも言えない感情が私を襲った。その感情をまだ理解出来ていないそんな時、風が吹いた、暖かい、すごく暖かい優しい風が……。

風の隙間から声が聞こえたような気がした。勘違いかな？と思ったがまた続けて聞こえる。確かに声だ。

私は周りの誰かの声ではないことを直感で感じ取った。

その声はこう言った。

（もう、自由になってもいいよ優子ちゃん）と。……おばあちゃんの声だった。

私はこのような現象を疑うこともなく、怖くもなく、今起こっていることを素直に受け入れられた。受け入れた瞬間、次の声が聞こえた。

（優子ちゃん、またさっちゃんと仲良くね）

私は、いや私たちは五十歳を過ぎ、やっと自由になれる時が来たんだと感じた。思ったのではなく、感じたのだ。

私は涙が溢れだし、その場で子どものように泣きじゃくった。子どものようにではなく、この瞬間から子どもに、何も始まっていない子どもに戻ったのだ。隣のさっちゃんも泣いていた。さっちゃんは何故私が泣いているのかを聞かない。私もさっちゃんに聞かない。一段と暖かい優しい風が吹いてきた。まさに背中を押すような風が……。

私は、さっちゃんの手を強く握り直した。そして二人でちょうちょを追いかけ思いっきり走った。

みんなが居る所とは逆方向に。

さっちゃんは不思議な顔もせず私と一緒に走った。さっちゃんの手も私の手を強く握りしめていた。走りながら、さっちゃんは私を見て言った。

「優子ちゃん、大丈夫だよ」と……。

さっちゃんだけど、さっちゃんじゃなく見えた。そしてその言葉にまた泣いた……。

どこを走っているのか、どこに向かっているのか、わからなかった。ただ幸せになれる予感がして、二人とも無言でただただ走った。

自由

あれから十年が経った。

さっちゃんと毎日笑いながら暮らしている。再会した時もおばさんだったが、今はもっとおばさんだ。でもそんなことを感じないくらい私たちは、心も体も健康で、言葉では表現できない豊かさがある。さっちゃんの本当の気持ちは今でもわからないが、私はさっちゃんがそばに居てくれるだけで幸せだ。

時々思う、さっちゃんは私を助けに来てくれた天使なのかな？　って。

逃げてもいいなんて知らなかった。ちょうちょを追いかけてしまってもいいなんて。

あとがき

「毒親」の理解は難しい。「毒親」への理解は難しい。自分が正しいと思って生きている人とは、悲しいかな、話が通じない。誰しもが「自分が正しいよな」くらいに思っていないと生きてはいけない。だが毒親は意味が違う。

私の全てを知っているはずの友人でさえ理解は難しい。今までどれだけ聞いてもらったことか。しかし、こればっかりは経験がないと「親って皆そういうもんじゃな～い、大事にしなきゃ」とか「うちそんなんじゃないから、わかんないな～ごめん」とだいたいこんな回答を下さる。毎回言わなきゃ良かったと余計ストレスになる。でも決して友人が悪いわけではない。仕方がないのだ。「仕方ない」は嫌いな言葉だった。「仕方ないしょ」で全部片づけられてしまう冷たい感じがしたからだ。

でも今は「仕方ない」が自分を納得させる。自分に起こるネガティブな出来事に対し「仕方ない」は前に進める好きな言葉に変わった。本書を書きながら内容がキツイ部分になると、未だに動悸や頭痛がした。

こればかりは死ぬまで付き合わなければならないのかもしれない。

仕方がない。


私は愛されていなかった？　母なりに愛していた？　いわゆる「愛し方を知らなかった」「母なりにいろんな人生を背負っていた？」いや、もうそんな事は考えなくていいのだ。心に傷をつけたのは母だとわかっているのだから。私が言っているのだから。

母から離れたことは悲しくなかった。これで終われたと思った。

お母さん、来世は良い縁で会いましょうね。父も母も九十歳間近だが元気に生きている。

親不孝と言う人もいる。でもこれからの人生、残り少ない人生は「我がままに」生きていきたい。

私が二十五歳の時に亡くなったおばあちゃん、大好きだったおばあちゃん……。あなたの娘を悪く言ってごめんなさい……。そして、ずっと見守っていてくれてありがとう。助けてくれてありがとう。これからも見守っていてね。

読者の皆様へ

本書を読んで下さり、心より感謝申し上げます。
本書はわたくしの初めての作品になります。実話をもとにしたフィクションです。
いろんな場面で、思いを強く伝えてしまっていると思います。
読みづらい点が多々あることをお許しください。

令和五年七月

著者プロフィール

松下 楓（まつした かえで）

北海道生まれ。

保育所等、福祉関係の施設で勤務する。

30歳から18年間、ボランティアで絵本の読み聞かせをする。読み聞かせの経験から、自分でも本を書いてみたいという気持ちになり創作を始める。メッセージ性がある絵本や小説を好み書いている。

興味があること、韓国文化。

好きな食べ物、シフォンケーキ。

ちょうちょを追いかけてよかったんだ
生きづらさからの解放

2024年５月15日　初版第１刷発行

著　者　松下 楓
発行者　瓜谷 綱延
発行所　株式会社文芸社
〒160-0022　東京都新宿区新宿1－10－1
電話　03-5369-3060（代表）
03-5369-2299（販売）

印　刷　株式会社文芸社
製本所　株式会社MOTOMURA

ISBN978-4-286-25104-2